La Princesse MASQUÉE

FÊTE SON ANNIVERSAIRE

À Uyen, Sarah et Barry
— avec vous, nos princesses, la fête
est toujours parfaite !
S. H. et D. H.

À mes nièces royales,
Alize, Alora et Mathilde
L. P.

Shannon Hale & Dean Hale

La **Princesse**
MASQUÉE

FÊTE SON ANNIVERSAIRE

Illustré par LeUyen Pham

Traduit de l'anglais (États-Unis)
par Pia Boisbourdain

hachette
ROMANS

Chapitre 1

Des ballons roses dansaient au-dessus des tours du château. Des ballons roses flottaient au sommet des arbres. Il y avait même un ballon rose attaché à la corne d'une licorne.

Ce jour-là, c'était l'anniversaire de la princesse Magnolia. Et elle voulait que sa fête soit parfaite.

La princesse Magnolia rangea la salle de la tour. Elle enfila sa robe bouffante préférée. Elle glaça des petits gâteaux.

Puis elle jeta un coup d'œil par la fenêtre. Ses invitées allaient arriver d'un instant à l'autre.

Soudain, la pierre qui brillait à son doigt sonna.

— L'alarme à monstres ! s'exclama la princesse Magnolia. Oh, non ! Pas maintenant !

C'était le moment pour la princesse Magnolia de fêter son anniversaire. Ce n'était pas le moment de combattre les monstres !

Chapitre 2

Les monstres se fichaient pas mal de l'anniversaire de la princesse Magnolia. Les monstres voulaient juste manger les chèvres.

Empêcher les monstres de manger les chèvres n'était pas une tâche pour la princesse Magnolia, si raffinée et si parfaite. Mais c'était un travail parfait pour la Princesse Masquée.

La princesse Magnolia se faufila dans le placard à balais.

Elle enleva sa robe bouffante préférée. Elle ôta ses souliers de verre.

Sous sa robe, elle portait des vêtements noirs. Elle attacha son masque.

Elle n'était plus la princesse Magnolia.

Elle était la Princesse Masquée.

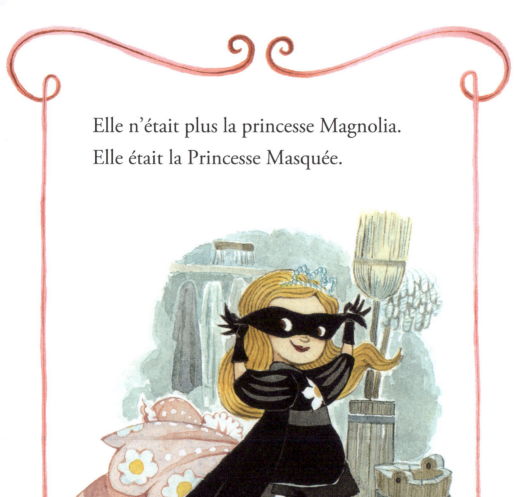

— La Princesse Masquée est de retour !
lança-t-elle.

Elle glissa dans le conduit secret.

Elle sauta par-dessus le mur du château.

Douze princesses aux robes chatoyantes se dirigeaient vers le pont-levis. Les invitées de la princesse Magnolia !

Pourvu qu'elles ne lèvent pas les yeux ! Personne ne savait que la princesse Magnolia, si raffinée et si parfaite, était aussi la Princesse Masquée.

Chapitre 3

Tout le monde ignorait la véritable identité de la Princesse Masquée, à l'exception de son fidèle poney. Car le poney lui-même avait un secret.

Tout le monde pensait que Culottalenvers était une licorne. Après tout, il avait une corne sur la tête. Et ce jour-là, un ballon y était même attaché. Parce que c'était l'anniversaire de la Princesse Magnolia.

Quand Cullotalenvers sautillait, le ballon dansait. Quand Cullotalenvers trottait, le ballon voletait. Cullotalenvers était d'humeur festive.

Jusqu'à ce que la pierre qui brillait sous son sabot sonne.

L'alarme à monstres !
Cullotalenvers s'engouffra aussitôt dans un passage secret.

Quand il surgit de l'autre côté, il n'était plus Cullotalenvers la licorne. Il était Noirro, le fidèle poney de la Princesse Masquée !

Noirro se posta à l'endroit habituel, devant le mur du château. Il attendit que la Princesse Masquée atterrisse sur son dos.

Noirro avait hâte de combattre les monstres !

Même si le ballon rose lui manquait un peu.

Chapitre 4

La Princesse Masquée atterrit sur le dos de Noirro.

— Vole, Noirro, vole ! s'écria-t-elle.

Noirro ne pouvait pas voler. C'était un poney. Ce n'était pas un cheval ailé. Mais il savait que, quand la Princesse Masquée lui demandait de voler, elle voulait en réalité qu'il coure le plus vite possible. Alors Noirro s'élança au grand galop.

La Princesse Masquée et Noirro filèrent droit vers la forêt.

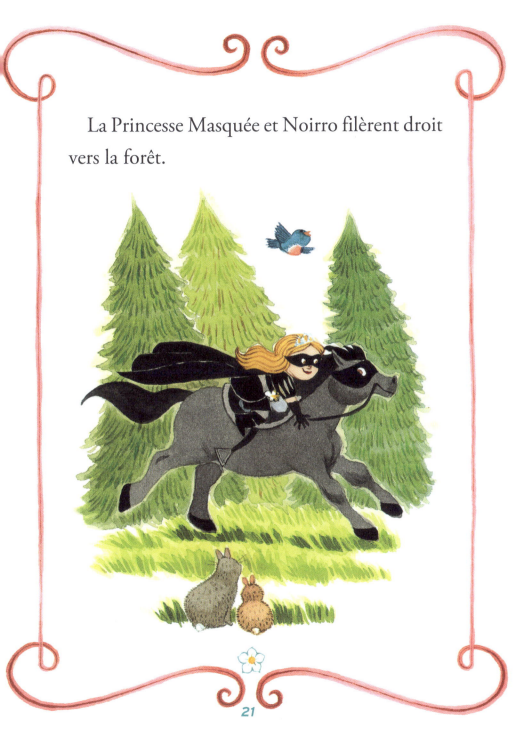

Popotin, le gardien des chèvres, regardait ses chèvres brouter. Il ne remarqua pas le tentacule qui se faufilait hors d'un trou, juste à côté. D'autres tentacules suivirent. Puis un monstre surgit.

— Au secours ! cria soudain Popotin.

La Princesse Masquée s'élança dans le champ.

— BANGER BÈVRES ! gargouilla le monstre.

— Hein ? dit Popotin.

— Hein ? fit la Princesse Masquée.

Le monstre plaqua un tentacule sur sa bouche. Puis il toussa horriblement.

PAYS
DES MONSTRES

— MANGER CHÈVRES ! hurla le monstre.

— Ah, dit Popotin.

— Ah, fit la Princesse Masquée.

Tous les monstres se ressemblaient. Ils ne cherchaient qu'à dévorer les chèvres. Ils se fichaient pas mal des anniversaires des princesses.

La Princesse Masquée actionna un bouton sur son sceptre, qui se changea en bâton.

— Tiens-toi tranquille, vilain monstre ! cria-t-elle. Retourne au Pays des Monstres !

— NON ! MANGER CHÈVRES ! beugla le monstre.

Alors, le monstre à tentacules et la Princesse Masquée engagèrent le combat.

CULBUTE **MAGISTRALE**!

TENTACULES **RATATINÉS**!

Le monstre retourna dans le trou. Comme tous les autres avant lui.

— Hourra ! se réjouit Popotin.

La Princesse Masquée salua Popotin. Puis elle et son poney retournèrent au château au grand galop.

Quelques minutes plus tard, la Princesse Magnolia sortit du placard à balais. Ses cheveux étaient un peu ébouriffés.

Elle dévala les escaliers. Elle ouvrit la porte du château.

— Joyeux anniversaire ! crièrent les douze princesses aux robes chatoyantes.

Chapitre 5

La princesse Magnolia passait un moment merveilleux. Les sandwichs étaient délicieux. La table était très joliment mise. Les princesses étaient adorables.

— Ouvre tes cadeaux ! suggéra la princesse Camélia.

— Oui, oui, ouvre-les ! s'écrièrent les onze autres princesses.

La princesse Magnolia battit des mains. Elle ne pouvait plus attendre une seule seconde.

— Oh, merci ! dit-elle. Il n'y a pas de fête parfaite sans cadeaux.

Tout à coup, la pierre qu'elle portait au doigt sonna.

C'était le moment pour la princesse Magnolia d'ouvrir ses cadeaux. Ce n'était pas le moment de combattre les monstres !

— Qu'est-ce que c'est que ce bruit ? demanda la princesse Camélia.

— C'est une alarme… expliqua la princesse Magnolia.

Elle ne pouvait pas expliquer à ses amies qu'il s'agissait d'une alarme à monstres. Sinon, elles auraient pu deviner qu'elle était la Princesse Masquée. Personne ne savait qui était la Princesse Masquée. À part Noirro, bien sûr !

— Une alarme qui indique que c'est… l'heure de jouer ! ajouta la princesse Magnolia.

— Ouiiiii ! s'exclama la princesse Jacinthe. À quel jeu allons-nous jouer ?

— Euh… À cache-cache ? proposa la princesse Magnolia. Ce n'est pas moi le chat !

La princesse Tulipe fit le chat. Elle se mit à compter. Les autres princesses s'éloignèrent à pas feutrés.

La princesse Chèvrefeuille se cacha sous une table.

La princesse Crocus se cacha dans les toilettes.

La princesse Magnolia, elle, se cacha dans le placard à balais.

Chapitre 6

Jouer à cache-cache rendait la princesse Pâquerette nerveuse. Elle n'avait pas peur de se cacher. Elle avait peur qu'on ne la trouve jamais.

La princesse Pâquerette se fondait dans les rideaux.

La princesse Pâquerette se confondait avec les lampes.

La princesse Pâquerette ne faisait qu'un avec le tapis.

La princesse Tulipe passa tout près d'elle. Mais elle ne remarqua pas la princesse Pâquerette.

La princesse Pâquerette soupira. Elle s'ennuyait. Le tapis n'était pas de très bonne compagnie.

Elle avait vu la princesse Magnolia sa cacher dans le placard à balais. Elle décida d'aller la rejoindre. Au moins elle ne serait plus toute seule.

La princesse Pâquerette ouvrit le placard. Elle vit la robe bouffante de la princesse Magnolia. Elle vit ses souliers de verre. Mais elle ne vit la princesse Magnolia nulle part.

— C'est bizarre, dit la princesse Pâquerette. Où est-elle passée ?

Chapitre 7

La Princesse Masquée était de retour dans le pré aux chèvres. D'habitude, combattre les monstres était une façon agréable de passer l'après-midi. Mais ce jour-là, tout ce qu'elle voulait, c'était ouvrir ses cadeaux.

— Tiens-toi tranquille, vilain monstre ! ordonna-t-elle.

— NON ! MANGER CHÈVRES ! répliqua le monstre couvert d'écailles.

La Princesse Masquée soupira. Les monstres pouvaient être vraiment énervants ! Quand allaient-il comprendre qu'elle ne les laisserait *jamais* manger les chèvres ?

La Princesse Masquée et le monstre à écailles
engagèrent le combat.

Le monstre à écailles retourna au Pays des
Monstres. Comme tous les autres avant lui.

La Princesse Masquée se dépêcha de retourner au château.

Elle remonta le conduit secret.

Elle retira sa robe bouffante. Elle ôta ses souliers de verre.

— D'où viens-tu comme ça ? lança une voix.

La princesse Magnolia se figea.

Chapitre 8

La princesse Magnolia n'était pas seule dans le placard à balais.

— Qui est là ? demanda-t-elle.

— C'est moi. Princesse Pâquerette.

La princesse Magnolia plissa les yeux. Tout ce qu'elle voyait, c'étaient des balais.

Les balais remuèrent.

— Ouah, princesse Pâquerette ! s'exclama la princesse Magnolia. Tu te fonds complètement dans les balais. Tu es vraiment douée pour te cacher !

— Toi aussi, répliqua la princesse Pâquerette. Ça fait une heure que je suis dans ce placard. Je n'aurais jamais cru que quelqu'un d'autre s'y trouvait aussi.

La porte du placard s'ouvrit.

— Je vous ai retrouvées ! se réjouit la princesse Tulipe. Vous être vraiment douées pour vous cacher, toutes les deux ! C'est la troisième fois que j'inspecte ce placard.

— C'est bizarre, ne put s'empêcher de dire la princesse Pâquerette.

Chapitre 9

— C'est le moment des cadeaux, maintenant ? demanda la princesse Marguerite.

— Il serait temps, affirma la princesse Jasmin. Il n'y a pas de fête parfaite sans cadeaux.

— Chouette ! s'exclama la princesse Magnolia.

Une sonnerie retentit.

— D'où vient ce bruit ? lança la princesse Orchidée.

— C'est de nouveau mon alarme, répondit la princesse Magnolia en soupirant. Euh… parce que c'est de l'heure de la course.

Les princesses se rendirent à l'extérieur. Elles enfourchèrent chacune leur monture. Prêtes ? Partez !

La princesse Pâquerette et son cochon, Sir Cochonou, arrivèrent les derniers.

Une seconde course eut lieu. La princesse Jacinthe et son cheval ailé, Joyeuxluron, arrivèrent les premiers.

La princesse Pâquerette et Sir Cochonou arrivèrent de nouveau les derniers.

Une troisième course eut lieu. La princesse
Dahlia et son cerf, Ourson, gagnèrent.

Une quatrième course eut lieu. La princesse
Anémone et son antilope, Ed, gagnèrent.

La princesse Pâquerette arriva à chaque fois la dernière. Les courses n'intéressaient pas Sir Cochonou. La vitesse n'intéressait pas Sir Cochonou. Tout ce qui intéressait Sir Cochonou, c'était se gaver de petits fours et de desserts puis de faire une bonne nuit de sommeil.

De là où elle se trouvait, derrière tout le monde, la princesse Pâquerette apercevait toutes les princesses. Elle apercevait chacune de leurs montures. Mais elle n'apercevait ni la princesse Magnolia, ni Culottalenvers.

Une cinquième course eut lieu. Cette fois, la princesse Magnolia arriva la dernière, juste après la princesse Pâquerette. Ses cheveux étaient tout ébouriffés. Son soulier droit se trouvait sur son pied gauche et son soulier gauche sur son pied droit.

— C'est bizarre, ne put s'empêcher de murmurer la princesse Pâquerette.

Chapitre 10

— E_t maintenant, on peut t'offrir tes cadeaux ? demanda la princesse Anémone.

— J'espère, répondit la princesse Magnolia. Parce que, sans cadeaux, il n'y pas de fête…

Une sonnerie l'interrompit.

— Encore une alarme ? demanda la princesse Pâquerette.

— Oui…

La princesse Magnolia fronça les sourcils.

— C'est l'heure… du jeu du labyrinthe ! lança-t-elle. Et après, il sera temps d'ouvrir les cadeaux. Promis !

Les princesses rejoignirent le jardin pour pénétrer dans le labyrinthe.

La princesse Pâquerette se perdit. Elle pensait
rester prisonnière du labyrinthe pour toujours.

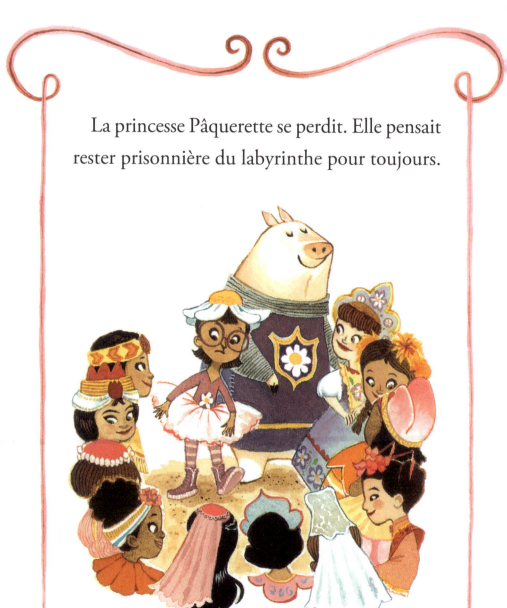

Finalement, elle trouva la sortie. Onze princesses attendaient dehors. Mais il en restait une dans le labyrinthe.

Enfin, la princesse Magnolia émergea. Ses cheveux étaient encore plus ébouriffés. Sa robe était à l'envers.

— C'est vraiment très bizarre, ne put s'empêcher de souffler la princesse Pâquerette.

Chapitre 11

— Et maintenant, c'est l'heure d'ouvrir les cadeaux ? demanda la princesse Marguerite.

— Euh… hésita la princesse Magnolia.

Elle retint son souffle. Elle tendit l'oreille. Elle regarda sa bague. Rien ne sonna.

— Oui ! s'exclama-t-elle. Maintenant, c'est l'heure d'ouvrir les cadeaux.

Les princesses retournèrent dans la tour. Elles s'installèrent sur les canapés. La princesse Hyacinthe tendit à la princesse Magnolia son premier cadeau.

Il était rond et lourd. Est-ce que c'était un casque de course ? Un aquarium à poisson rouge ? Une boule de cristal ? La princesse Magnolia était impatiente de le découvrir !

Soudain, il se passa quelque chose. Quelque chose qui donna envie de pleurer à la princesse Magnolia.

La pierre qui brillait à son doigt sonna.

C'était vraiment, vraiment le moment d'ouvrir les cadeaux. Ce n'était vraiment, vraiment pas le moment d'aller combattre les monstres.

— Est-ce que cette alarme indique qu'il est l'heure d'ouvrir les cadeaux ? demanda la princesse Chèvrefeuille.

La princesse Magnolia gémit.

— S'il vous plaît, restez ici, dit-elle. Je reviens tout de suite. Je vous le promets.

Chapitre 12

La princesse Magnolia quitta la tour. De nouveau, elle se faufila dans le placard à balais. De nouveau, elle se changea.

Elle glissa dans le conduit secret. Elle sauta par-dessus le mur du château, derrière lequel Noirro l'attendait. Elle atterrit sur son dos. Ils traversèrent la forêt au grand galop jusqu'au pré aux chèvres. De nouveau.

De nouveau, un monstre terrorisait les chèvres. Un monstre rose cette fois.

— GRRRRRR ! rugit-il. MANGER…

— Non ! protesta la Princesse Masquée. Tu ne mangeras pas de chèvres ! Pas question de me battre une nouvelle fois contre les monstres aujourd'hui ! J'en ai assez. Aujourd'hui, c'est MON ANNIVERSAIRE. Et maintenant, c'est le moment d'ouvrir MES CADEAUX ! Tu as entendu ? J'ai dit : C'EST LE MOMENT D'OUVRIR MES CADEAUX !

Chapitre 13

Le monstre rose grimaça. Il avait affreusement mal aux oreilles. La Princesse Masquée avait crié vraiment très fort.

Le monstre rose se demandait s'il avait bien fait de quitter le Pays des Monstres, après tout.

Bien sûr, il n'y avait de chèvres au Pays des Monstres. Mais il n'y avait pas de princesse qui lui hurlait dans les oreilles.

Et puis, la situation devenait gênante. Apparemment, c'était aujourd'hui l'anniversaire de la Princesse Masquée. Elle s'attendait à recevoir des cadeaux. Et le monstre rose ne lui avait rien apporté.

Le monstre rose fouilla dans ses poches. Oh, chouette ! Des cailloux ! Des cailloux roses qu'il avait trouvés dans une grotte. Il y en avait douze. Ils pourraient faire l'affaire.

Le monstre rose sortit les cailloux. Puis il s'éclaircit la voix.

JOYEUX ANNIVERSAIRE !
rugit-il poliment.

Chapitre 14

Les douze princesses attendaient dans la tour. La princesse Magnolia n'était toujours pas revenue. Ça faisait déjà un bon moment qu'elle était partie.

— Elle joue peut-être de nouveau à cache-cache ? suggéra la princesse Dahlia.

Les douze princesses parcoururent le château à sa recherche. Il n'y avait de princesse Magnolia nulle part.

— Et si elle se trouvait dans le placard à palais ? suggéra la princesse Pâquerette. C'est là qu'elle était la dernière fois.

Les princesses se réunirent devant le placard à balais. La princesse Pâquerette saisit la poignée de la porte.

Juste à ce moment-là, la princesse Magnolia sortit du placard. Ses cheveux étaient tout emmêlés. Non seulement sa robe était à l'envers, mais le devant se trouvait derrière. L'un de ses souliers de verre avait disparu.

— Princesse Magnolia, tu n'as pas arrêté de te volatiliser, fit remarquer la princesse Pâquerette. Et à chaque fois, c'était le moment d'ouvrir tes cadeaux.

— Ah bon ? répondit la princesse Magnolia.

— Oui, dit la princesse Pâquerette. Tu ne veux pas de cadeaux ? Où es-tu donc allée ?

La princesse Magnolia baissa les yeux. Elle avait les mains pleines de cailloux. Elle leva les mains à hauteur de son visage.

— J'étais partie… vous chercher des cadeaux ! s'exclama-t-elle. Après tout, sans cadeaux, il n'y a pas de fête parfaite.

Elle ouvrit les mains pour montrer les cailloux. Il y en avait un pour chacune des princesses. Ils étaient d'un joli rose translucide.

— Ils sont parfaits ! affirma la princesse Pâquerette. Absolument parfaits.

Tout se révéla parfait. Les invitées. Les jeux. Les cadeaux. Ce fut même la fête d'anniversaire la plus parfaite que la princesse Magnolia ait jamais eue !

DÉCOUVRE LES LIVRES
DE LA COLLECTION

JUNIOR

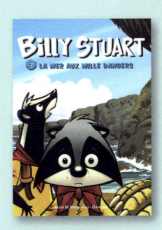

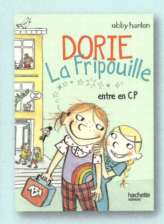

Traduit de l'anglais (États-Unis) par Pia Boisbourdain

L'édition originale de cet ouvrage a paru en langue anglaise
chez Candlewick Press, sous le titre :
THE PRINCESS IN BLACK AND THE PERFECT PRINCESS PARTY

© 2015 by Shannon and Dean Hale
Illustrations intérieures et de couverture : © 2015 by LeUyen Pham
© Hachette Livre, 2016, pour la traduction française.
Hachette Livre, 58 rue Jean Bleuzen, 92170 Vanves.

Dépôt légal 1ʳᵉ publication : avril 2016
Imprimé en Espagne par ESTELLA
16-5561-7 – ISBN 978-2-01-225677-4
Dépôt légal : avril 2016
Loi n° 49-956 du 16 juillet 1949 sur les publications
destinées à la jeunesse.